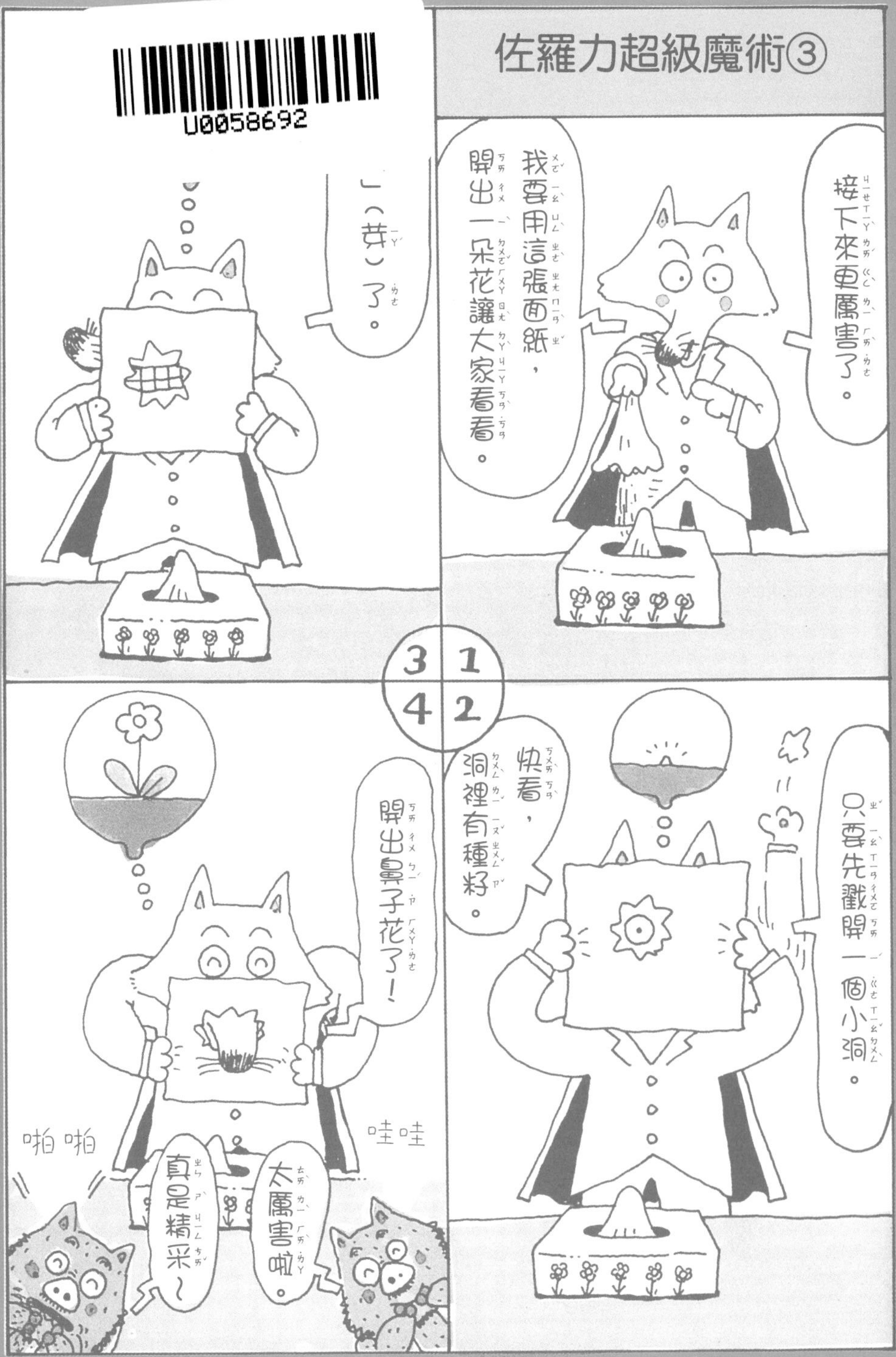
佐羅力超級魔術③
接下來更厲害了。
我要用這張面紙，開出一朵花讓大家看看。
只要先戳開一個小洞。
快看，洞裡有種籽。
(芽)了。
開出鼻子花了！
啪啪
哇哇
太厲害啦。
真是精采～

怪傑佐羅力之
魔法師的弟子

文・圖 原裕 譯 葉韋利

在大白天也顯得黑暗的谷底，傳來像魔鬼吼叫一樣的聲音，原來是怪傑佐羅力和他的兩個小跟班的歌聲，他們正在修練惡作劇的旅途上。

媽媽，您等著看吧！
我一定會變成惡作劇之王。
然後我還要蓋一棟雄壯威武的城堡。
到時候會有公主，
被我吸引到這個城堡來。
她是既溫柔、又漂亮的公主。
啊～哈哈哈哈。

我們是小跟班——
伊豬豬和魯豬豬。
只要能夠幫助佐羅力大師，
不管是上刀山、下油鍋，就算是
天堂或地獄，都跟隨大師一起走。
嘿吼！嘿吼！嘿嘿吼！
嘿吼！嘿吼！嘿嘿吼！
嘿吼！嘿吼！嘿嘿嘿吼！

就在他們三個人開心唱歌時，突然有東西從懸崖上滾下來。

「啊啊！」
就連佐羅力也嚇了一大跳，
瞪大了眼睛，愣在原地。
因為，他們突然被一些
從來沒看過，也沒聽過的
各種動物包圍了。
「你……你們幾個，
是……是什麼啊？
想對本大爺做什麼？」

褲子和貓熊結合在一起的
褲貓熊

「啊，幾位外地來的旅客，請救救我們吧。村子裡突然來了一個壞心魔法師，對我們施了魔法，害大家變成這副模樣，還趁機欺負我們。」

拖鞋和松鼠
結合在一起的
鞋松鼠

老鼠
和蚯蚓
結合在一起的
鼠蚯蚓
雨傘和蝙蝠
結合在一起的
傘蝙蝠
皮箱和河馬
結合在一起的
箱河馬

一聽到有這麼壞心的魔法，佐羅力再也忍不住了，他大聲的問那些動物們：

「喂，那個魔法師，住在哪裡呀？」

「我知道。魔法師在那座山頂上蓋了一座城堡，他就住在那座城堡裡。但是，聽說從來沒有人能夠爬上那座高山。」

褲貓熊伸手指向懸崖的遠方，那裡立著一座聳入雲端的高山，看起來非常陰森而且恐怖。

「幾位大爺，
麻煩你們打倒那個魔法師，
因為只有這個方法才能
讓我們恢復原來的模樣。
拜託你們啊！」

褲貓熊說完後，
這些長相奇怪的動物，
就跑回村子裡了。

佐羅力大師，您現在是要去打敗那個魔法師吧。
傻瓜，大爺我正在修練惡作劇的旅途中呢。我當然要去拜魔法師當師父，好好學魔法呀。

學會惡作劇的魔法之後，本大爺就可以走遍全世界，到處捉弄別人嘍。
媽媽，我馬上就要變成惡作劇之王了。您等著看，我一定會修練成功的！
好嘍！
出發！

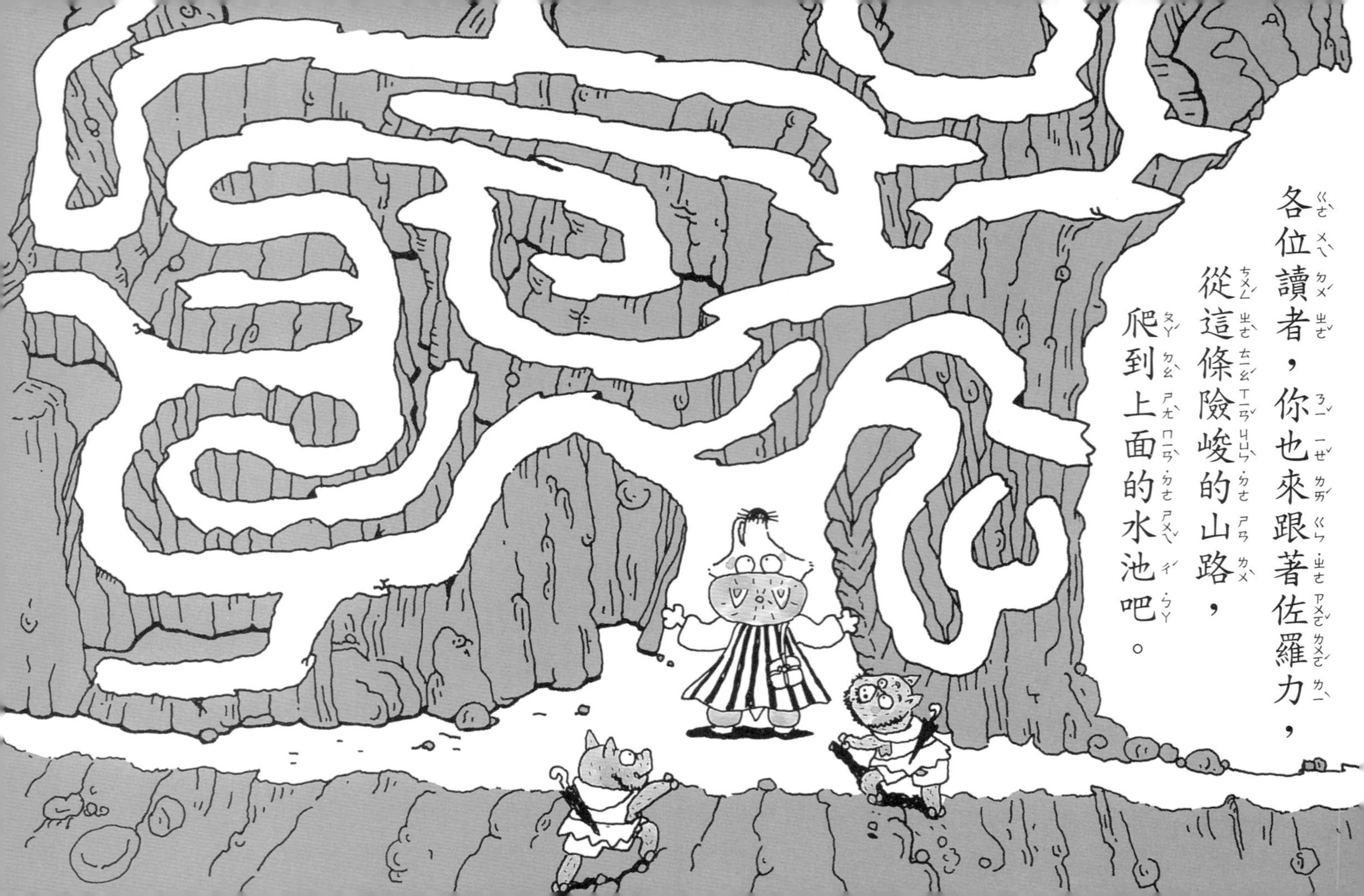
各位讀者，你也來跟著佐羅力，
從這條險峻的山路，
爬到上面的水池吧。

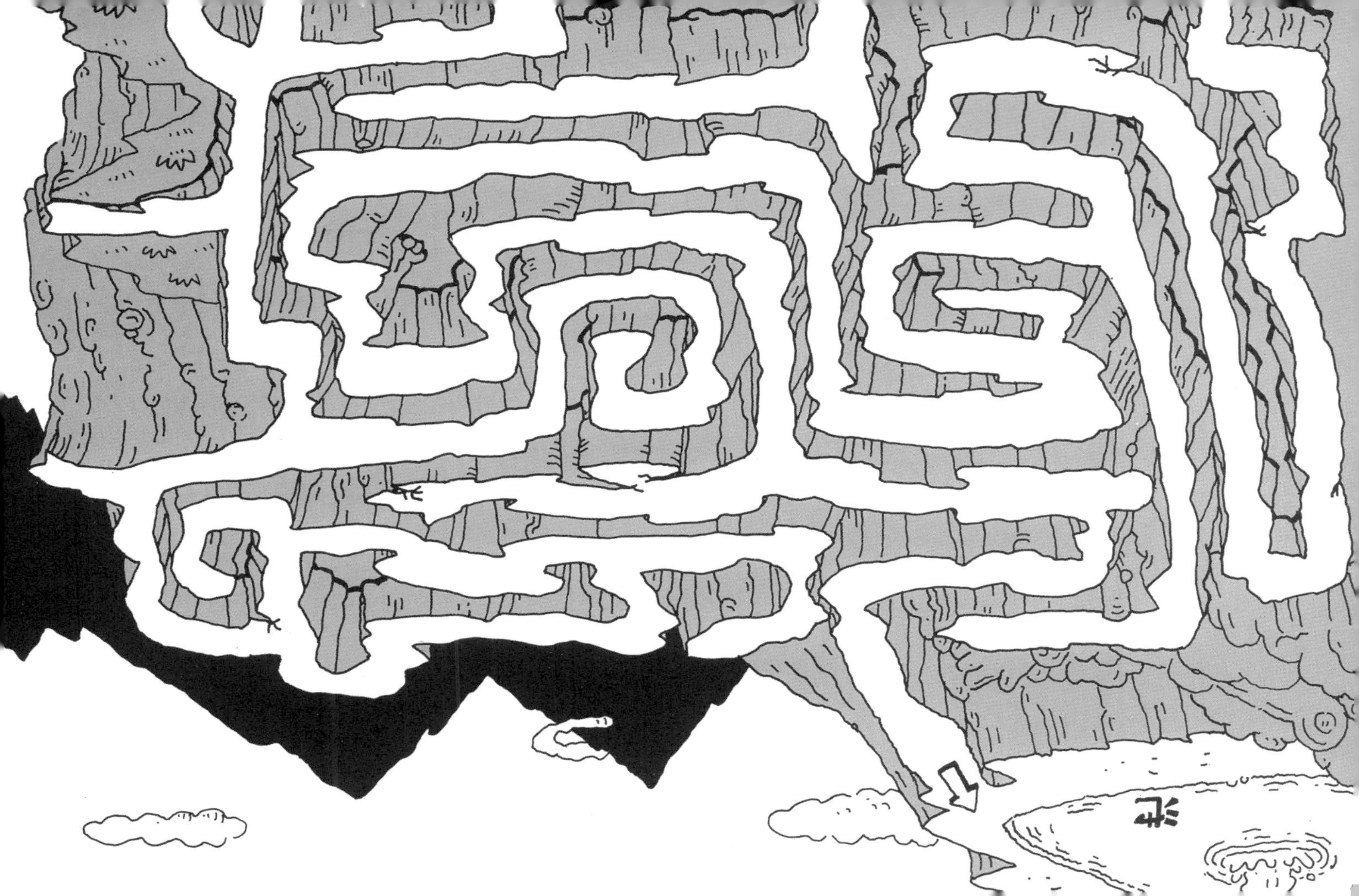

佐羅力一行人終於爬上水池邊。

可是路卻被瀑布擋住了。

「啊！這是怎麼回事？前面沒……

沒有路了呀。這是條死路！」

佐羅力的希望破滅，

他跪坐在池邊，垂頭喪氣，

感到失望透頂。

這時，悠哉喝著瀑布水的

魯豬豬突然說話了。

哎呀，佐羅力大師。
你看，瀑布後面
好像有個洞穴耶。
唰
唰
唰
唰
唰
唰
唰

大家小心點，要是掉到瀑布下的深潭，就死定啦。
哇呀。
佐羅力的鼻子太長，從瀑布裡凸出來呢！
啊痛痛痛

佐羅力一行人，費盡千辛萬苦，好不容易總算到達瀑布後方的洞穴裡。
鼻子太挺也不一定是好事。帥男人真不好當……
咦？在這種地方，居然還有個按鈕耶。
好痛好痛好痛
你還好吧？

伊豬豬一看到按鈕，
忍不住就想按下去玩玩看。
噗嘰！
叭啦啦叭叭叭叭叭
一陣嘹亮的喇叭聲響起，
掛在洞穴上方的綵球
突然間爆開了。

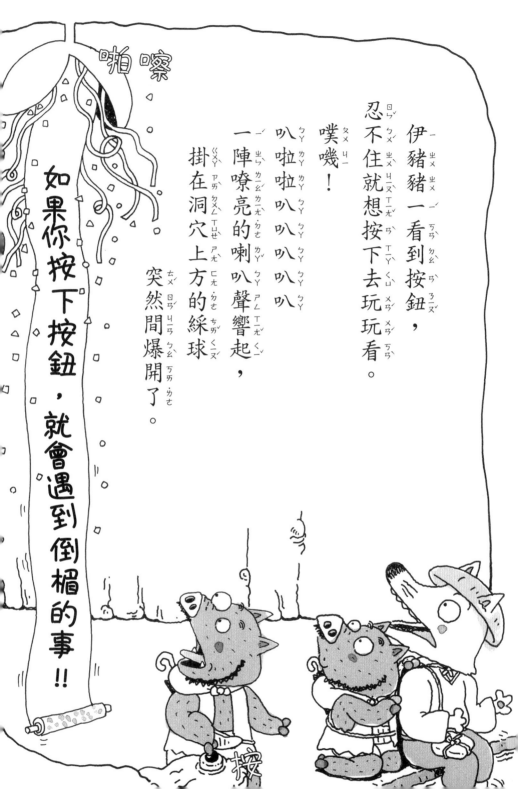

綵球裡掉出了一條長長的彩帶，佐羅力看到彩帶上的字，連忙提醒伊豬豬：

「喂，伊豬豬。千萬不要按下那個按鈕啊！」

「呃，那個，佐羅力大師，我……我已經按下去了耶——。」

伊豬豬話都還沒說完，入口處的池塘傳來巨大的聲響，轟隆轟隆，轟隆轟隆的搖晃了起來……

眼前的水池居然朝著洞口的方向，
不停的往上抬高！
池子裡的水也跟著
不斷的朝著佐羅力
一行人的方向湧過去！

怎麼啦，怎麼啦？發生什麼事了？
轟隆轟隆轟隆轟隆

水……水要灌進來啦！
叩叩叩叩
哇呀！
喀啦喀啦
喀啦
快往裡面逃啊！
轟轟轟轟轟轟

洞穴的入口被升上來的池水
完全堵住了。
池子裡的水一股勁的湧上來，
朝佐羅力三人衝過去，
眼看就要把他們吞沒了！

佐羅力三人用最快的速度，
拼命往洞穴的更深處逃，
奮力的一直跑、一直跑。
希望可以逃離
險境。

「啊，快看那邊!!是出口！」

佐羅力發現，山洞的深處，透出一道亮光。

「真……真的耶。佐羅力大師，太好啦！」

「我們得救啦!!」

哇ㄨㄚ啊ㄚ
媽ㄇㄚ呀ㄧㄚ——

他們好不容易逃出山洞，但……但是，洞口居然是通向恐怖的萬丈深淵。

唰唰唰唰唰
快死啦~
最後，佐羅力他們
被池水沖出洞穴外，
就要掉下深淵了。

咕嚕咕嚕……
三人被水嗆得
咳個不停，
頭上腳下的
往山谷底掉落。

難道，佐羅力等人
就這樣和大家說再見了嗎？

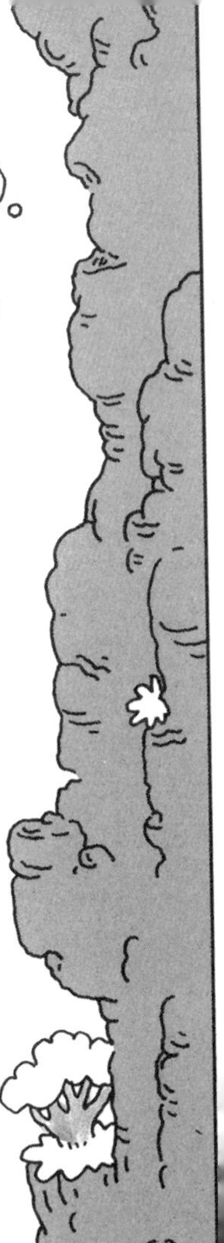

不不不。佐羅力
他們的運氣非常好，
剛好掉在一群大花上，
全身上下一點都沒有
受傷呢。
「佐羅力大師，
我們真是好幸運呀。」
正當大家慶幸
沒有摔死時，

那群大花突然開口說話了。

真是太可惜了。
我們是專門吃人的食人花喔。
我們會分泌毒液，
把你們的身體溶化掉。
你們的命運，
就是變成我們的養分。
啊哈啊哈啊哈啊哈……。
分一點給我吃啊。

佐羅力大師，我剛才喝太多池水了，現在想尿尿耶。
嗯？聽你這麼一說……雖然覺得有點丟臉，但我也想尿尿耶。
哎呀，我快忍不住啦。可以直接尿在這裡嗎？
什麼？要尿在這裡？

食人花聽到他們這麼說，全都嚇一大跳。

為了不要被這種骯髒的行為，弄得全身髒兮兮，花兒們用盡全力，把佐羅力三人吐出去。

這時，正好是下午茶時間，
住在山頂上的魔法師，
正準備要吃點心。
不知從哪裡來的怪怪三人組，
突然從山崖下方，像火箭般飛上來，
居然還開口說話。

啊，魔法大師，不好意思啊。
我們大家都想尿尿。
可以借一下廁所嗎？
啊……呃，嗯，好啊。

借用了廁所之後，佐羅力三人都覺得舒暢多了。

他們又來到魔法師的面前，再次提出請求。

並且跪下來正式拜師。

「我們特地千里迢迢，
經過重重難關來到這裡，
就是想請您收我們做徒弟。」

「喔喔，從以前到現在，
都沒有人能爬過這座險峻的高山呢。

你們這股毅力值得稱讚。
我就收你們幾個
為徒弟吧。
不過呢，
要當個魔法師，
必須經過非常嚴格的訓練。你們受得了嗎？」

「如果從此可以施展惡作劇魔法，
無論吃多少苦我都願意。」

「請您收我們做徒弟吧！」

接下來呢，
他們真的展開了
超級艱苦的訓練，
就好像身在地獄一樣……。

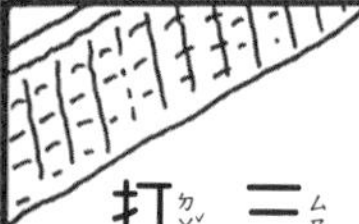

一

星期一

動手打掃城堡裡的大浴缸。
這個大浴缸非常大，
就像游泳池那麼大，
三個人洗刷刷、洗刷刷，
打掃了一整天。

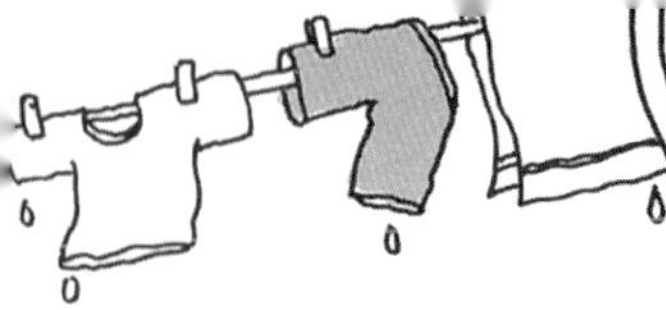

二

星期二

這天要把襯衫、
襪子、髒得不得了的
褲子，全部都刷洗得
潔白如新。

三

星期三

洗廁所真不是
輕鬆的事。城堡裡有
一百零四間廁所，
全部都要打掃得
乾乾淨淨才行。

四

星期四
要用力把玻璃擦得亮晶晶。
這可得冒著生命危險呀！
一摔下去就直接下地獄。

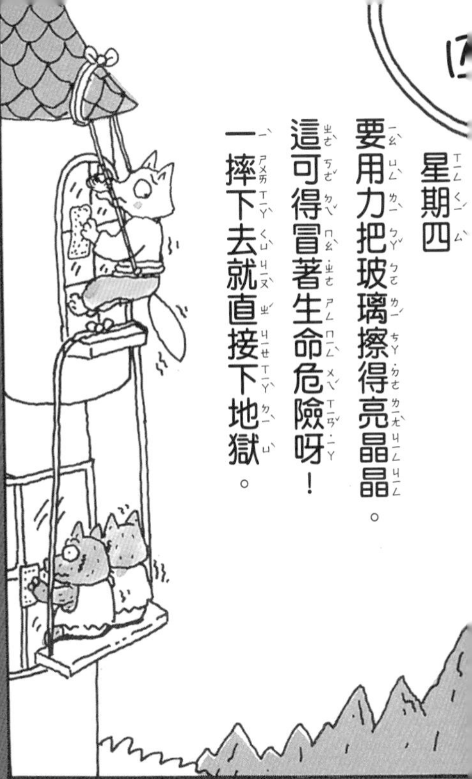

五

星期五
要把廚房裡的髒盤子，
全部洗得乾乾淨淨、
閃閃發光。
如果摔破一個盤子，
屁股就得挨揍。

六

星期六
這天要幫魔法師
搥背、揉肩膀、
剪指甲，
還要唱搖籃曲。

日

星期日
魔法訓練是沒有
休假的喔。
這天要刷洗
長長的走廊。

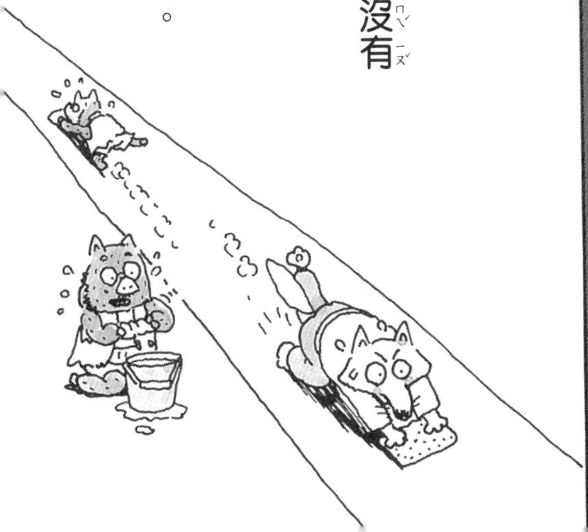

因為這一連串的魔鬼訓練，實在是太辛苦了，
才一個星期，佐羅力三人就累癱了。
於是，他們趁魔法師沒注意時，
就偷懶休息一下，
這時，佐羅力卻聽到隔壁房間傳來聲音。
似乎是魔法師一個人，
正在自言自語。

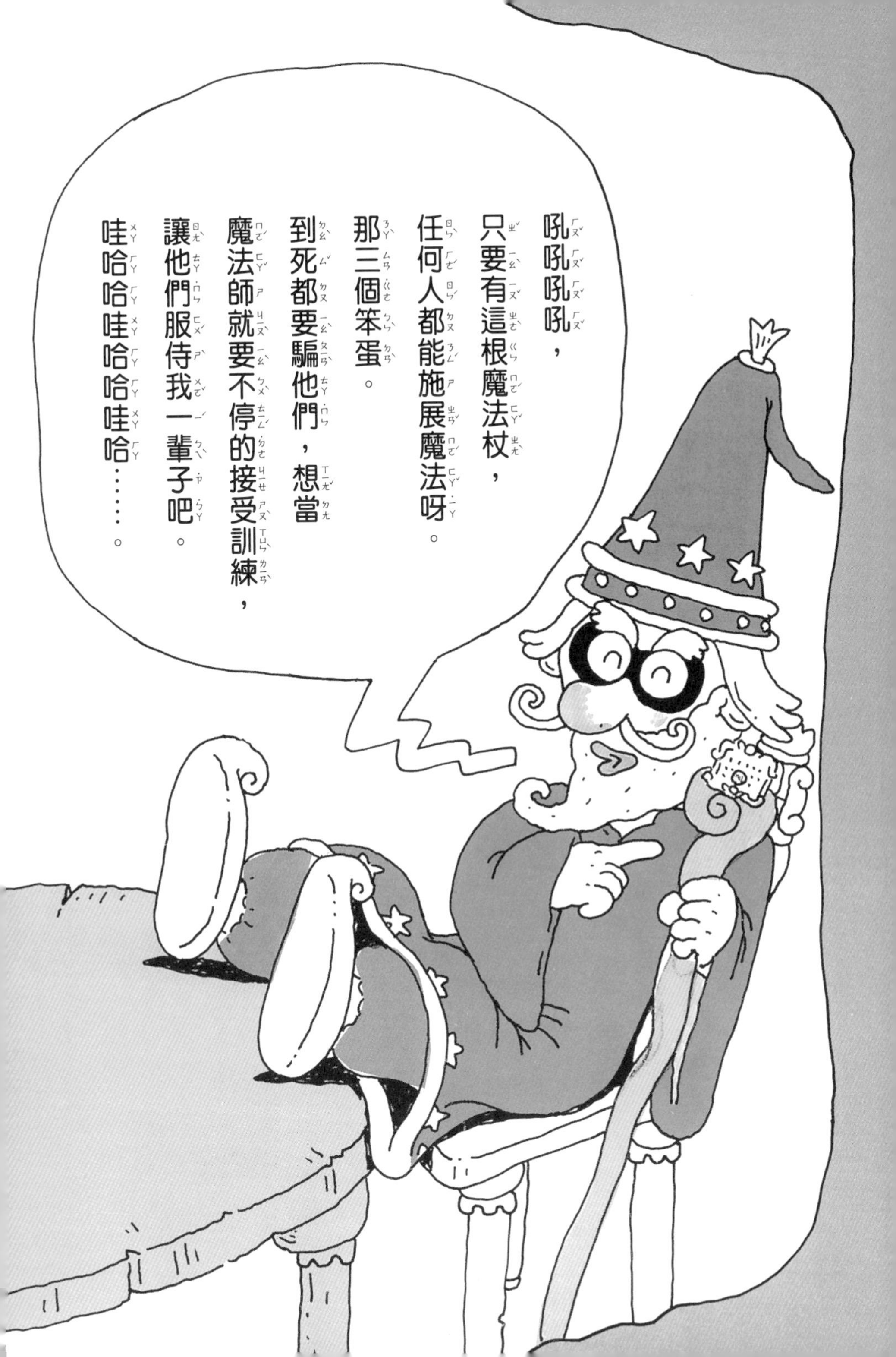
吼吼吼吼，
只要有這根魔法杖，
任何人都能施展魔法呀。
那三個笨蛋。
到死都要騙他們，想當
魔法師就要不停的接受訓練，
讓他們服侍我一輩子吧。
哇哈哈哇哈哈哇哈……。

只偷偷告訴你的
魔法杖的祕密
只要擁有這根魔法杖，你就能實現所有的願望!!
你還能使用的魔法
剩下102次
☆不過，這根魔法杖只能使用兩千次魔法。用完兩千次之後，就會變成一根普通的手杖。
●這個計數器會顯示還能再使用多少次魔法。
使用方法
①緊握魔法杖。
②大聲說出願望。
變成茶壺！
③看吧，就這麼簡單。
◎使用方法
非常簡單！只要得到魔法杖，你就可以立刻變身為魔法師!!

可惡，原來是這樣！
大爺我居然傻傻的被騙了
整整一個星期，
太窩囊啦。
哼哼，吼吼，
我氣到冒煙啦!!
好！我只要想辦法，
把那根魔法杖弄到手，
大爺我馬上可以搖身一變，
變成惡作劇之王。

大浴池
嘻嘻
呵呵
可以了

當天晚上，佐羅力趁魔法師去洗澡的時候，偷走魔法杖。

然後，馬上就使用魔法。

不愧是貪吃鬼佐羅力，他施展的第一個魔法就是把所有想得到的食物，用魔法杖一道一道的變出來。

呼嚕
呼嚕
呼嚕
舔舔
玉米濃湯
蛋包飯
炸雞

煎餃，變—！
燒賣，變！
關東煮也變！
義大利麵變！
炒麵，變—！
章魚丸子也變！
拉麵
焗烤馬鈴薯
披薩
我吃卡滋卡滋
鰻魚蓋飯
可樂餅套餐
糖蘋果
滑蛋蓋飯
漢堡加鳳梨片
飯糰
烤玉米
親子蓋飯
串燒
咖哩飯
三明治

把所有食物吃得盤底朝天之後，佐羅力又變出一套神氣的魔法師服裝，穿在身上。

「好啦，接下來要變什麼呢？

對了！我的小跟班

只有兩個人，

實在太寒酸了。

好——，

伊豬豬，魯豬豬，

就把你們兩個變多一點，

變出好多好多、好多好多的小跟班，組成一支強大的佐羅力軍團吧！」

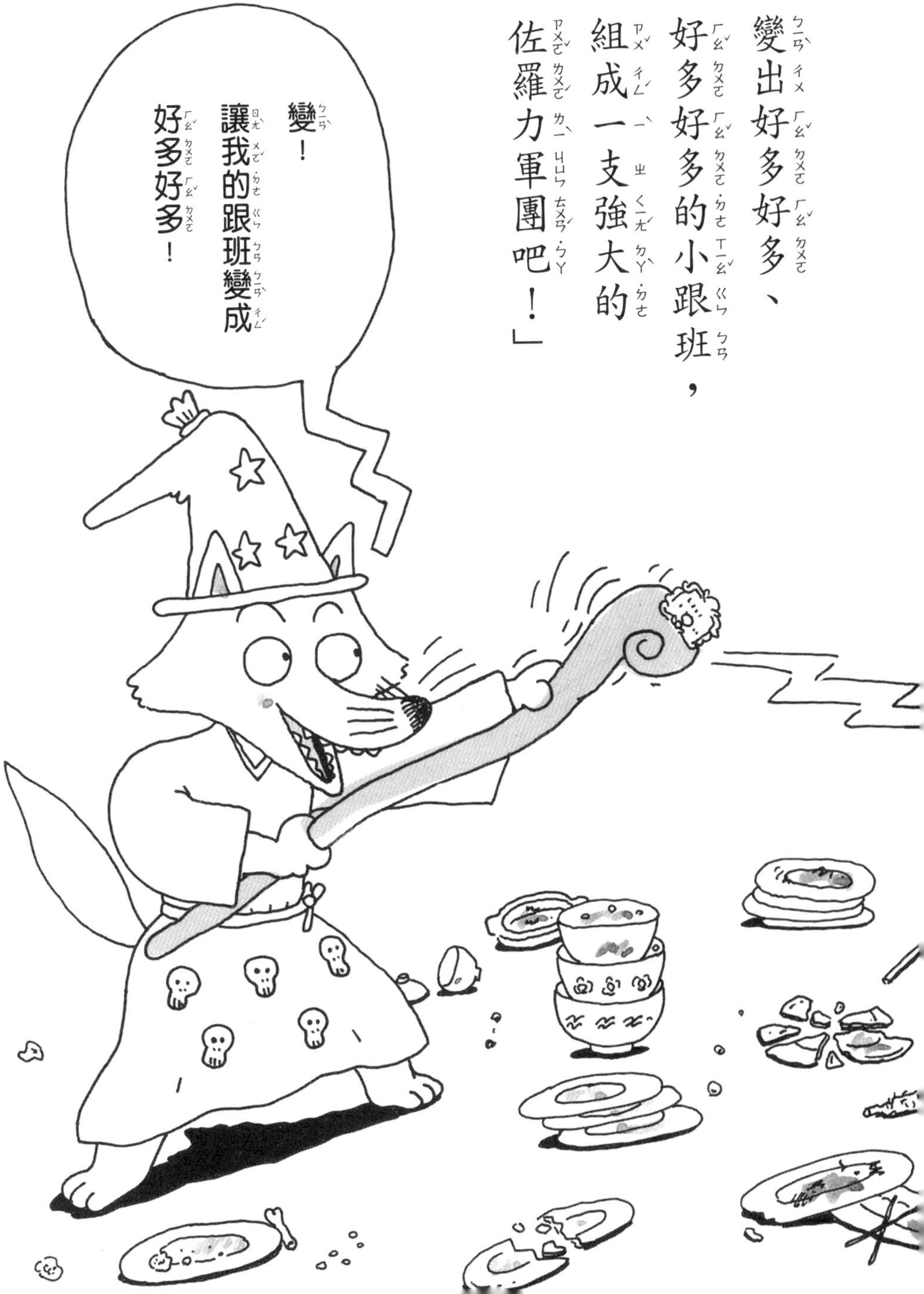
變！
讓我的跟班變成好多好多！

我是阿豬豬
唷豬豬
偶是哆豬豬
啵豬豬
布豬豬
奇豬豬
咚豬豬喔
是耶豬豬
米豬豬
嘻豬豬
我是囉豬豬
俺是額豬豬
塔豬豬
哇豬豬
俺乃波豬豬
人家是蘇豬豬
我是摩豬豬
星豬豬
我是可豬豬呢
我叫捏豬豬
老子是豬豬豬
瑞豬豬就是我
我名叫啪豬豬
我是基豬豬～
還有哈豬豬
啦豬豬在這裡
那豬豬在此
我是天豬豬
姆豬豬大家好
哇啊——!!
我是嘿豬豬

麻豬豬
我是肉豬豬
福豬豬
噗豬豬
滋豬豬
酷豬豬
比豬豬
呀豬豬
嗦豬豬
吸豬豬
歐豬豬
嗯豬豬喔
啵豬豬
我是卡豬豬
我是嗝豬豬
咱是泥豬豬
優豬豬是我
嘔豬豬
我是吱豬豬
索豬豬在這裡
我叫咩豬豬
我是凱豬豬
媽呀——！吵、吵死啦。我不要了，不要啦！誰要這一大群吵死人的跟班哪！
我是帕豬豬唷
力豬豬
我叫透豬豬
咳豬豬啦

佐羅力抓起魔法杖一揮，
一大群吵吵鬧鬧的小跟班立刻消失得無影無蹤。

「要是有這麼多的小跟班，
光讓大家吃飽就夠辛苦了。」

「是啊，恐怕連我們那份食物都會被吃掉呢！」

「等一下！我的腦子剛閃過一個好點子嘍。
乾脆變出一位漂亮的公主，辦場婚禮吧！
然後把這座城堡變成我夢想中的
『佐羅力城堡二號』，這麼一來，

就這樣決——定

相信連媽媽也會很高興的。」

佐羅力輕輕一揮魔法杖，眼前立刻出現了一位閃閃動人、明豔亮麗的美女公主。

演奏結婚進行曲的機器人樂隊
黃金做的屏風
攝影機
◎為了紀念幸福的一天，將結婚典禮全程錄影。

好漂亮！

佐羅力再揮一下魔法杖，房間立刻變成了豪華的婚禮會場。

證婚機器人牧師
輪到他出場了
佐羅力的燕尾服
好、好美呀！

鼓掌機器手
啪
啪
啪
啪
啪
啪
啪
結婚蛋糕
麻糬
小餡餅
巧克力球
泡芙
栗子蛋糕
奶油蛋糕
婚禮來賓只有伊豬豬和魯豬豬兩位，這是給他們的回禮。

這位公主配上佐羅力，就像一朵鮮花插在牛糞上，

她像是唱歌一樣的說著。

啊～佐羅力大人，佐羅力大人。
您的一雙眼睛炯炯有神，
賊溜溜的打轉，
真是太酷了。
看到這副模樣，
惡作劇之王——
非您莫屬！

哇哈哈哈。這是我聽過最適合我，最好的讚美！我真是太榮幸了。來吧，我們馬上就進行結婚典禮吧。

在舉行婚禮之前，先讓我在你柔軟的臉頰上親一下吧。
嘻嘻呵呵。在大家面前我會害羞。

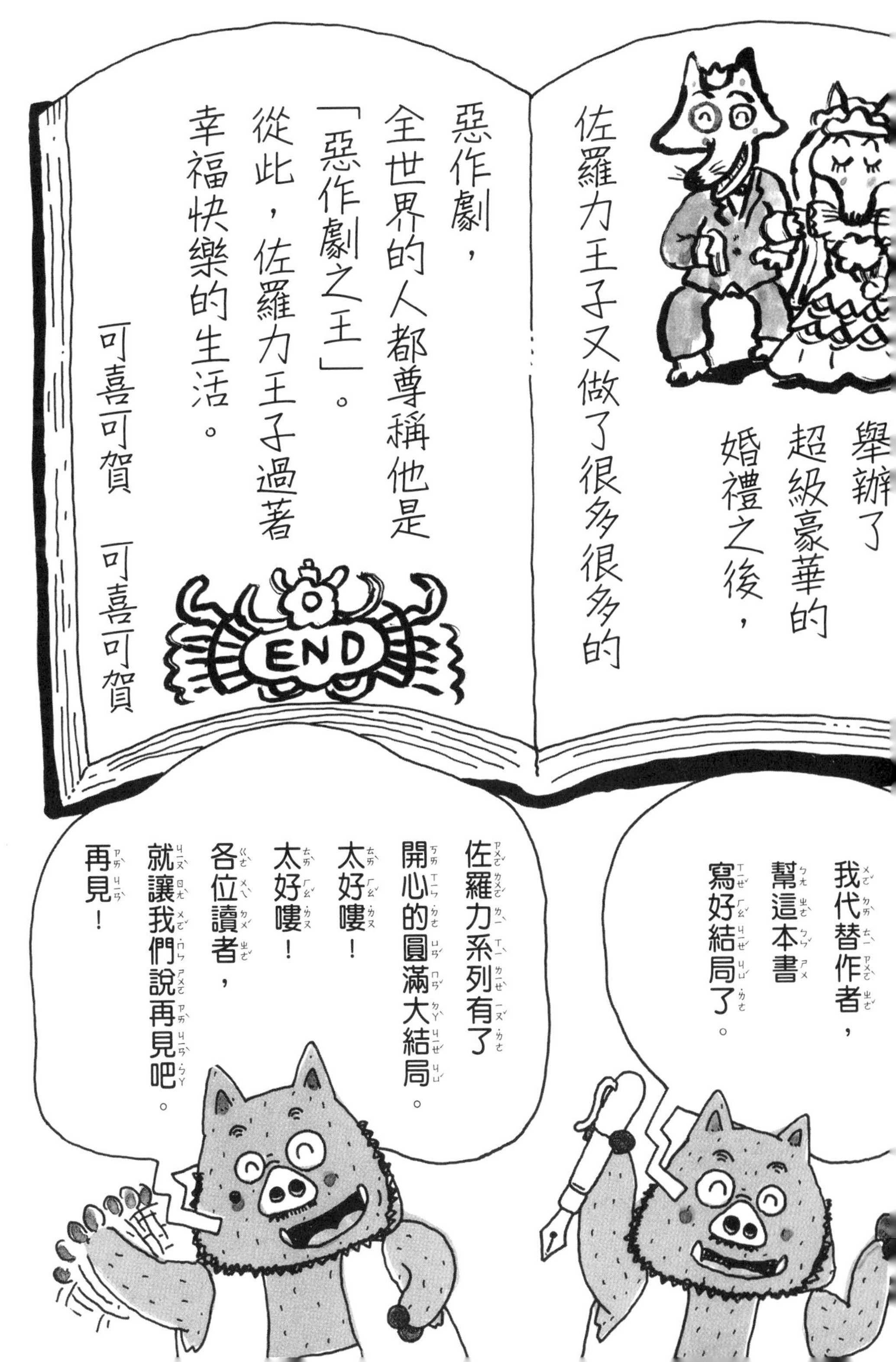
舉辦了超級豪華的婚禮之後，
佐羅力王子又做了很多很多的
惡作劇，全世界的人都尊稱他是「惡作劇之王」。從此，佐羅力王子過著幸福快樂的生活。
可喜可賀　可喜可賀
END
我代替作者，幫這本書寫好結局了。
佐羅力系列有了開心的圓滿大結局。太好嘍！太好嘍！各位讀者，就讓我們說再見吧。再見！

不過，故事還沒結束。正準備獻上一吻的美麗公主，突然間，變身成了一隻老頭子猩猩。

怎……怎麼回事？是誰膽敢破壞大爺我的幸福好事？
變
啾

「就是我！」
從浴室走出來的魔法師，拿起魔法杖站在他們眼前。

佐羅力先前的心思都放在結婚典禮上，所以魔法師便趁他們不注意，把魔法杖搶回去。

魔法師看到魔法杖上面的計數器，嚇了一大跳。

「我只不過才洗了個澡，這麼短短的時間裡，

你們居……居然浪費這麼多的魔法。

哼，我絕對

饒不了你們！」

魔法師舉起魔法杖，

朝佐羅力使勁一揮！

咦？佐羅力大師不見了耶。
佐羅力大師——。
佐羅力的身體一瞬間就縮小了，變得像一隻小蟑螂那麼小。
咦？你是我的同類嗎？
喂～本大爺在這裡呀～

嘿嘿嘿嘿，
嬌小可愛的
小不點佐羅力，
就讓我用這隻腳，
瞬間把你踩扁吧！
嗚
嗚哇～～

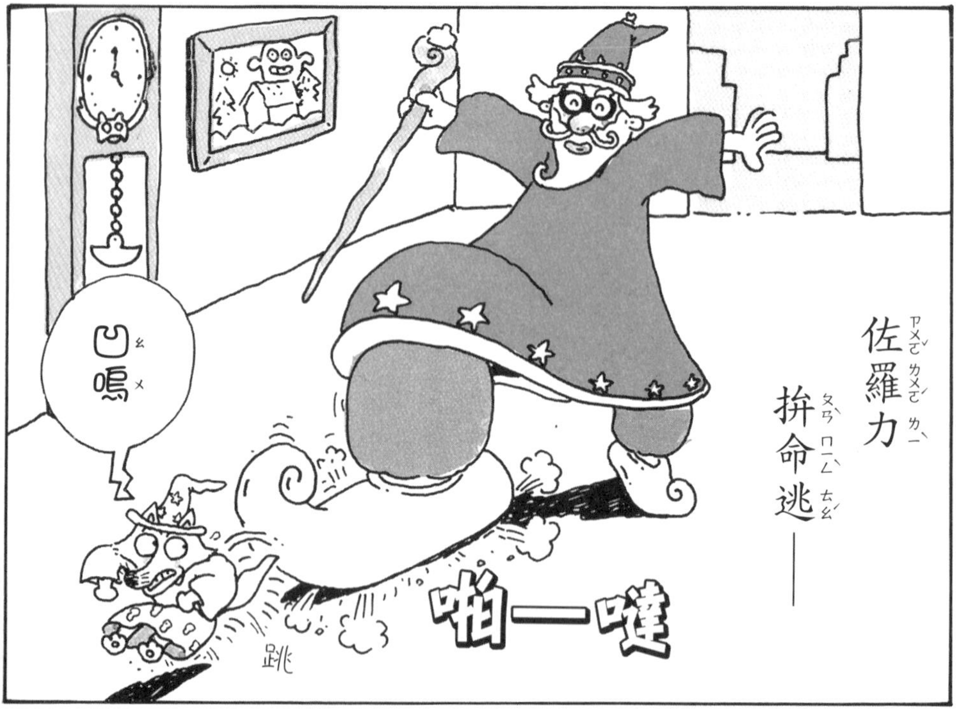
佐羅力
拚命逃——
凹嗚
啪一噠
跳

拚命逃——
佐羅力

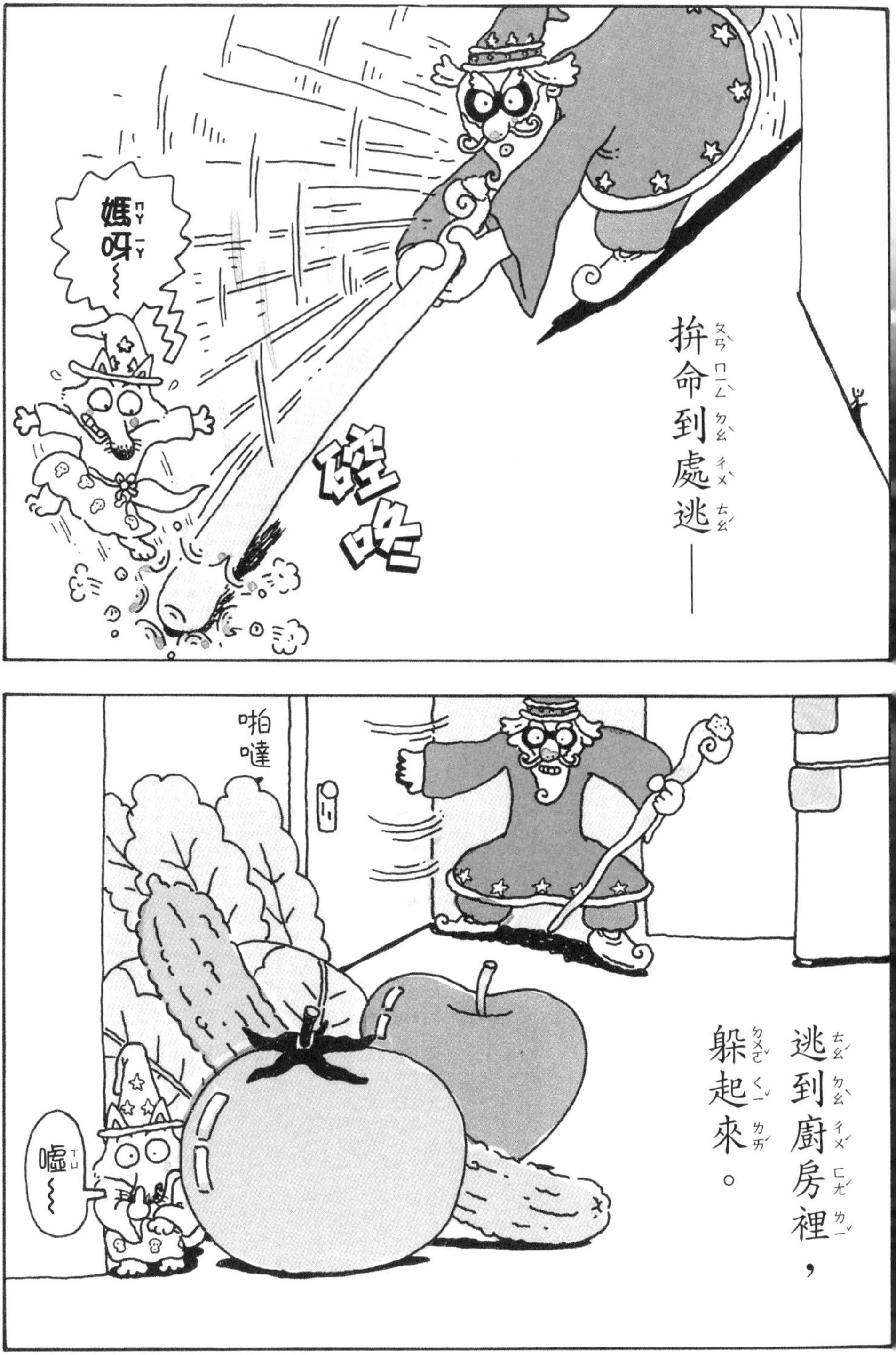

拚命到處逃——
硿咚
媽呀~~
啪嗒
逃到廚房裡，躲起來。
噓~~

「哼哼哼，
你可能覺得自己藏得很好，
不過呢，別以為這樣
就可以騙過我啊，
佐羅力！你認命吧！」
魔法師一說完，
就往佐羅力藏身的
那堆蔬菜，狠狠的
一腳踩下去。

伊豬豬和魯豬豬
連忙跑到廚房，
但是，已經太遲了。
等他們趕到時，
只看到佐羅力
淒慘的模樣，
躺在扁爛的
蔬菜堆裡。

佐羅力大師滿身都是血耶。
佐羅力大師已經死掉了。哇嗚——！

「哇哈哈哈，現在知道我的厲害了吧。從明天開始，我要你們兩個做更多更多的工作，給我乖乖認命吧！」

魔法師說完，就用繩子將伊豬豬和魯豬豬兩人五花大綁，關進儲藏室裡。

凹嗚。我們居然沒辦法救活最尊敬的佐羅力大師。
我們兩個小跟班，實在是太沒用了。嗚嗚嗚。
正當兩人不停哇哇大哭時……

「喂，伊豬豬、魯豬豬！」

突然有個聲音大聲喊著。

他們兩人仔細往腳邊一看，

那……那不正是佐羅力大師嗎？

「哇呀！見鬼啦！」

「噓，小聲點。

大爺我正如你們所看到的，

活得好好的啦。」

「可……可是，佐羅力大師，

「剛才你明明滿身是血，死掉了呀。」

於是，佐羅力對兩人解釋，他是怎麼從鬼門關逃出來的。

我本來差點就跟番茄一起被踩爛……
抓緊
還好，番茄被踩爛時噴出了番茄汁，正好把我噴到旁邊去。
滑
雖然昏過去一下子，但太爺我可是渾身上下毫髮無傷唷。

「原來是爛掉的番茄汁沾到您身上啊，
害我們以為是血。」
「您沒事，真是太好啦。」
佐羅力幫伊豬豬和魯豬豬
解開身上的繩索。
兩人高興得忍不住大喊——

萬歲！萬萬歲！

但是他們喊得太大聲了。

「怎麼搞的，吵死了。不能安靜一點嗎！」

儲藏室的門被打開了，魔法師走進來看看到底發生了什麼事。

「哼哼，原來你們把繩索解開了。想逃啊？真是太不自量力了。魔法杖，變！」

魔法師用力一揮魔法杖，

把伊豬豬

變成了

蝸牛，

魯豬豬

變成了

蝗蟲。

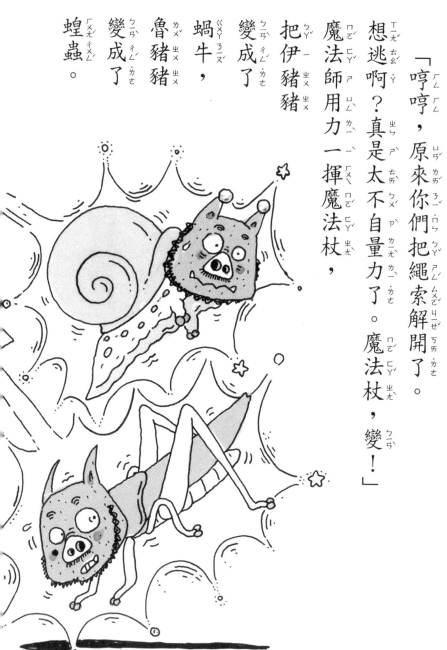

佐羅力趁這個空檔，
從魔法師的衣服裡
鑽進去——

佐羅力在魔法師全身上下跑來跑去。

「喔呵呵呵呵呵。好癢喔。

難道有小蟲子鑽進我的衣服裡了嗎？

真受不了。喔呵呵呵呵呵……。」

魔法師笑個不停，
一不小心就放開了
緊握的魔法杖。
這可逃不過眼尖的佐羅力。

拋
就趁現在！
伊豬豬，魯豬豬，
快把魔法杖搶回來，
好讓大爺我
恢復原來的樣子。

變成蝗蟲的魯豬豬用力一跳，抓住魔法杖後，對伊豬豬說：

「喂，我們兩個現在這副模樣，也很丟臉吧？」

「對喔。既然這樣，就一次消除所有魔法，可以吧？」

兩人同心協力握緊魔法杖，高聲大喊。

解開之前施展的

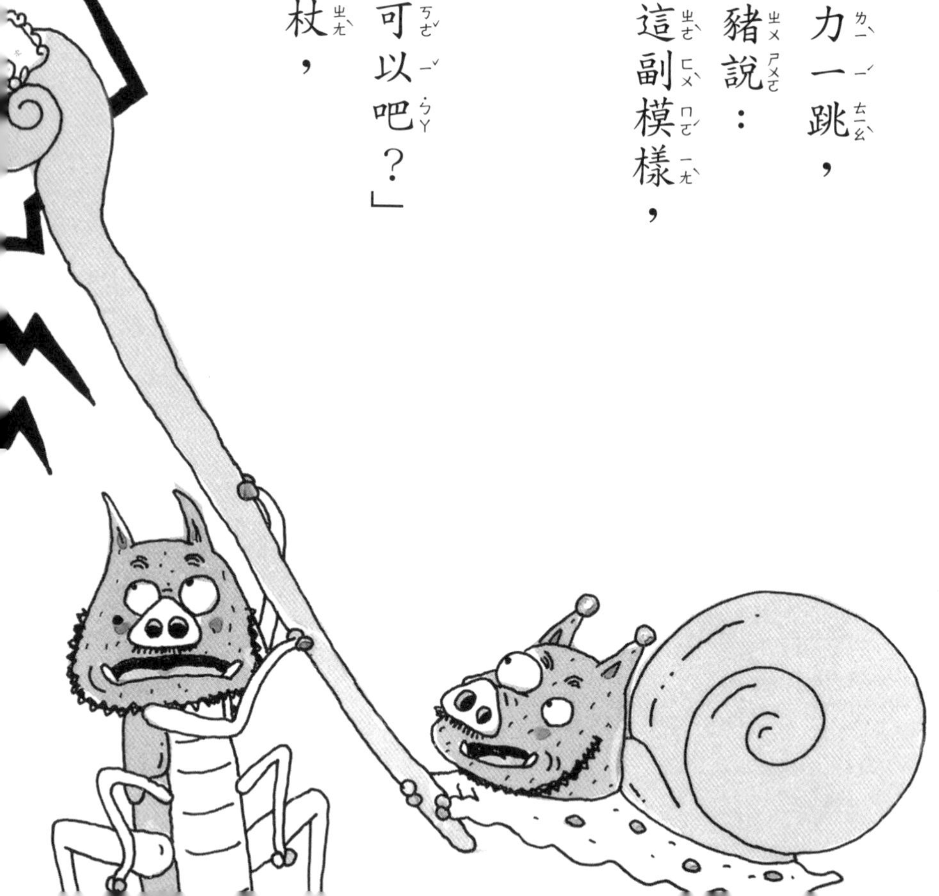

所有魔法。
讓一切
都變回原來的樣子——!!
話一說完，
天空立刻布滿烏雲，
四周一片漆黑，並且開始
颳起暴風、打雷閃電。

暴風雨平息之後，所有魔法都解除了，
佐羅力、伊豬豬、魯豬豬，
全都變回原來的樣子了。

「哎呀，那個魔法師，
變成一隻小狸貓了耶。」

「還有啊，城堡也不見了。
就只剩下一間髒兮兮的
小稻草屋。」

哼，我明白了，都是你這隻小狸貓搞的鬼，原來這些稀奇古怪的東西，都是靠魔法杖變出來的。虧我還下定決心，打算把這裡當作佐羅力城堡二號呢，現在這個樣子……
小狸貓之家
嘿嘿嘿，對不起呀。
痛毆

佐羅力的希望破滅了。

他們三人往下走到山腳時，村民身上的魔法也都解除了，變回原本小動物的模樣。

「解救整個村子的，果然就是你們幾位呀。實在是太感謝了。」

村民們一起跑向佐羅力三人，跟他們道謝。

我早就知道，他們一定會出手相救。

你們三位真是勇敢。
正義使者，萬歲！
請留下來，當我們這個村子的英雄吧。
呃，那個……其實……這不是我們的本意……
我……我們還得趕路，先告辭了。
拜拜拜拜

村民們看到佐羅力三人全不邀功，
默默離開，更感到佩服。
「他們幾個真是太偉大了。」
但是，佐羅力的心裡並不這麼想。
「唉，一心想被稱為惡作劇之王的本大爺，
居然不小心做了善事，真是太沒用啦。
媽媽，對不起啊！」
其實他們是覺得丟臉，
才一起偷偷摸摸逃離村子的。

⊙這張照片中的雄偉銅像是那場風波之後，村民為了感謝他們三位正義使者，在村子裡豎立的。

佐羅力大師，我順手把魔法杖偷來了，但是可以使用的魔法只剩下三次嘍。
我們之前用了太多無聊的魔法，做了很多沒意義的事，真可惜。
你還能使用的魔法 剩下 3 次

不過呢，大爺我要好好利用剩下的三次魔法，做一番超級大的事業。真希望能趕快看到媽媽為我感到欣慰的笑容……。
哦？還不如變個超級大丸子還比較好吧。

●作者簡介

原裕 Yutaka Hara

一九五三年出生於日本熊本縣，一九七四年獲得ＫＦＳ創作比賽「講談社兒童圖書獎」，主要作品有《小小的森林》、《手套火箭的宇宙探險》、《寶貝木屐》、《小噗出門買東西》、《我也能變得和爸爸一樣嗎？》、【輕飄飄的巧克力島】系列、【膽小的鬼怪】系列、【菠菜人】系列、【怪傑佐羅力】系列、【鬼怪尤太】系列、【魔法的禮物】系列等。

●譯者簡介

葉韋利 Lica Yeh

一九七四年生。典型水瓶座，隱性左撇子。現為專職主婦譯者，享受低調悶騷的文字 cosplay 與平凡充實的敲鍵盤生活。

譯者葉韋利工作筆記：http://licawork.blogspot.com

國家圖書館出版品預行編目資料

怪傑佐羅力之魔法師的弟子
原裕 文、圖；葉韋利 譯 --
第一版. -- 台北市：天下雜誌, 2011.04
92 面；14.9x21公分. --（怪傑佐羅力系列；3）
譯自：かいけつゾロリのまほうつかいのでし
ISBN 978-986-241-288-6（精裝）
861.59　　100004950

かいけつゾロリのまほうつかいのでし
Kaiketsu ZORORI series vol.03
Kaiketsu ZORORI no Mahoutsukai no Deshi

怪傑佐羅力系列 03

怪傑佐羅力之魔法師的弟子

作者—原裕
譯者—葉韋利
責任編輯—張文婷
特約編輯—蔡珮瑤
美術設計—杜皮皮

天下雜誌群創辦人—殷允芃
董事長兼執行長—何琦瑜
媒體暨產品事業群
總經理—游玉雪
副總經理—林彥傑
總編輯—林欣靜
行銷總監—林育菁
資深主編—蔡忠琦
版權主任—何晨瑋、黃微真

出版者—親子天下股份有限公司
地址—台北市 104 建國北路一段 96 號 4 樓
電話—（02）2509-2800
傳真—（02）2509-2462
網址—www.parenting.com.tw
讀者服務專線—（02）2662-0332
週一～週五：09:00～17:30
讀者服務傳真—（02）2662-6048
客服信箱—parenting@cw.com.tw

法律顧問—台英國際商務法律事務所・羅明通律師
製版印刷—中原造像股份有限公司
總經銷—大和圖書有限公司
電話—（02）8990-2588

出版日期—2011 年 4 月第一版第一次印行
2023 年 9 月第一版第二十七次印行

定價—250 元
書號—BCKCH016P
ISBN—978-986-241-288-6

訂購服務
親子天下 Shopping—shopping.parenting.com.tw
海外・大量訂購—parenting@cw.com.tw
書香花園—台北市建國北路二段 6 巷 11 號
電話—（02）2506-1635
劃撥帳號—50331356 親子天下股份有限公司

消失吧!! 魔法杖！

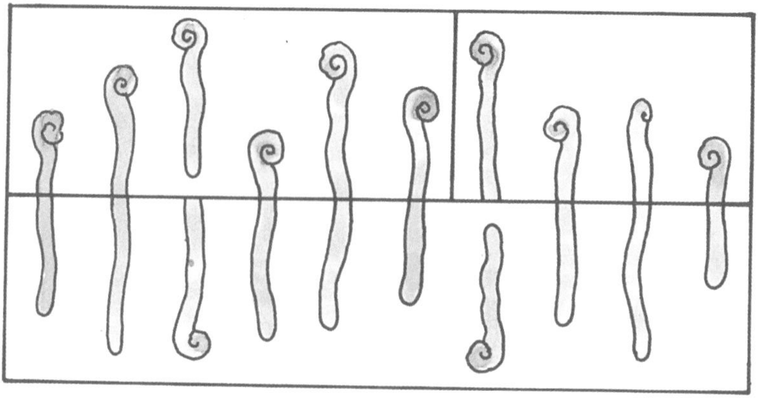

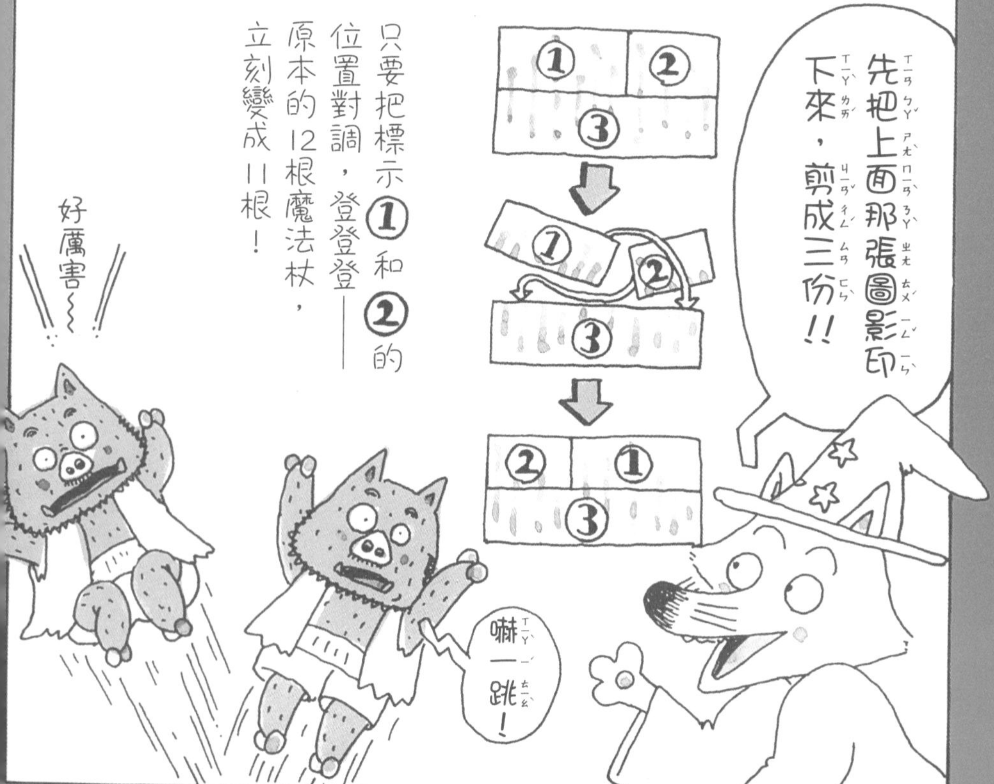
先把上面那張圖影印下來，剪成三份!!
只要把標示①和②的位置對調，登登登——原本的12根魔法杖，立刻變成11根！
①
②
③
②
①
③
好厲害~~
嚇一跳！